# JÚLIO EMÍLIO BRAZ

# REBOUÇAS
## ANDRÉ E ANTÔNIO REBOUÇAS

1ª edição – Campinas, 2022

"Rebouças foi talvez dos homens nascidos no Brasil
o único universal pelo espírito e pelo coração..."
(Joaquim Nabuco)

Antônio Pereira Rebouças, natural de Salvador e um dos três filhos de Gaspar Pereira Rebouças, alfaiate português, e Dona Rita Basília dos Santos, mulher negra liberta, era rábula (pessoa que exerce a profissão de advogado sem a formação em Direito), político e membro da Câmara dos Deputados, em que representaria a Bahia de 1830 a 1873, e lutaria pelo fim da Escravidão. Em 1837, Antônio apresentou um projeto proibindo a importação de africanos bem como o comércio de escravizados ou cativos em todo o território brasileiro. Antônio tivera papel destacado na luta sangrenta provocada por uma das últimas revoltas ocorridas na Bahia durante o Período Regencial, a Sabinada.

Antônio Pereira Rebouças casou-se com Carolina Pinto e tiveram oito filhos (cinco meninos e três meninas).

Seu filho mais velho, André Pinto Rebouças, nasceu em 13 de janeiro de 1838 na cidade de Cachoeira, herdando o nome do avô materno, o negociante André Pinto da Silveira, e carregando desde sempre o fardo de uma saúde frágil.

Depois da Independência, o Brasil passava por muitos conflitos políticos e militares. Fosse por sua atuação ao lado das forças imperiais, fosse por sua atividade política que lhe conquistara inimigos, o enérgico Antônio Rebouças, preocupado com a família, em 1846 decidiu-se mudar para o Rio de Janeiro. Carregava consigo seus bens mais preciosos: a esposa, Carolina, e os dois filhos, o franzino André e aquele que herdaria não apenas seu nome, mas seu temperamento, o forte e ágil Antônio Rebouças Filho, nascido em 13 de junho de 1839.

Estabelecem-se em um sobrado na Rua Matacavalos, atual Rua do Riachuelo. Os dois irmãos, que fizeram seus primeiros estudos com o próprio pai, foram matriculados no colégio de Camilo Tertuliano Valdetaro, no Campo de Santana. Esse seria o primeiro dos muitos colégios que ambos, realmente inseparáveis, frequentariam até o exame de admissão da Escola Militar, onde ingressaram em março de 1854.

Tudo chamava a atenção dos dois jovens. Como soldados, instalaram-se no Primeiro Batalhão de Artilharia a Pé. Entre as atividades militares e de aprendizado, passaram-se rapidamente os anos. Em 1857, ambos foram promovidos ao cargo de segundo-tenente do corpo de engenheiros e complementaram os estudos conquistando o grau de engenheiro militar. Apesar de obterem classificação excepcional, o que lhes permitiria estudar na Europa, tal benefício lhes é negado, segundo André, pela cor de sua pele. Tão aborrecido quanto os filhos, o pai lhes custeia os estudos na Europa.

Na França, nos anos seguintes, serão ainda mais dedicados aos estudos. Sob esse aspecto, os irmãos se mostram incansáveis, visitando numerosas obras, instituições de ensino, fábricas, arsenais e portos, a tudo observando e enchendo cadernos e mais cadernos com toda sorte de anotações. Indo ainda mais além, atravessam o Canal da Mancha e visitam a Inglaterra. Deixam-se fascinar pelas grandes transformações da Revolução Industrial.

Ao voltar para casa, André encontra dificuldades para empregar-se na estrada de ferro de D. Pedro em São Paulo. Os pretextos são os mais variados, mas cresce a revoltante compreensão de que a cor de sua pele se apresentaria sempre como uma barreira às suas aspirações profissionais e sociais.

No entanto, a competência dos dois irmãos não poderia ser ignorada. Um ano mais tarde, durante um grave conflito diplomático com a Inglaterra, conhecido como "Questão Christie", André e Antônio seriam convocados pelo ministro da Guerra para um primeiro trabalho profissional como engenheiros: a vistoria das fortalezas militares do porto paulista de Santos e da ilha de Santa Catarina.

As obrigações profissionais acabariam distanciando os irmãos. Em dezembro de 1863, André volta ao Rio de Janeiro e Antônio permanece no Sul, envolvendo-se na construção de importantes obras na recém-estabelecida província do Paraná.

O propósito inicial da volta de André era fazer demonstrações sobre os diques que vira em Londres. Entretanto, pouco depois ele é enviado ao Maranhão para estudar o dique e o porto de São Luís.

Ele e o irmão chocavam-se com o atraso tecnológico e social em que se encontrava o país depois de mais de quatro décadas de independência. Indignavam-se com as frequentes epidemias de cólera e febre amarela que devastavam várias partes do Brasil, inclusive sua terra natal. Ao longo dos anos, André chegaria a trabalhar em obras de saneamento e urbanização de várias cidades brasileiras.

Em dezembro de 1864, houve a invasão do sul do Mato Grosso por tropas paraguaias, o que levaria o Brasil e, mais tarde, a Argentina e o Uruguai, à guerra contra o Paraguai.

André insiste em acompanhar os primeiros soldados que marcham para a frente de batalha, naquele momento, no Rio Grande do Sul. Embalado por um patriotismo que o acompanharia pelo resto da vida, prometia "ir com o irmão Antônio abrir, no tempo mais curto possível, uma estrada estratégica da província do Paraná ao Paraguai, aproveitando o rio Curitiba". Seria sua primeira derrota. O projeto sequer foi analisado, e, apesar de seu ardor e entusiasmo patriótico ser ainda maior do que o do irmão, Antônio foi dispensado.

André marcharia para a guerra sozinho no corpo de engenheiros do exército. Homem inteligente e de grande sensibilidade, aqueles quase dois anos foram uma decepção. Chocou-se ao constatar a pouca preocupação dos comandantes com os soldados brasileiros em batalhas: as tropas, em mais de uma ocasião, passavam fome por dias; encontravam-se inadequadamente vestidas para o clima inóspito do lugar, principalmente nos longos meses de inverno; as doenças e a falta de higiene dos hospitais de campanha matavam mais do que as balas das tropas inimigas; a corrupção grassava nos acampamentos por onde andava toda sorte de criminosos e espertalhões.

Para não provocar maior antipatia por parte da oficialidade branca, incomodada tanto por sua cor quanto por seus amplos conhecimentos e honestidade, ocupa-se em operações de reconhecimento, melhoramento de estradas e cálculos para construção de pontes improvisadas. Doente e frustrado, afasta-se da frente de batalha. A guerra estende-se, na sua opinião, sem necessidade, e isso o vai deixando inconformado e, por fim, infeliz.

Na verdade, André Rebouças se tornara um adepto fervoroso do desenvolvimento econômico e, antes de mais nada, social do Brasil. Seguramente a guerra apenas atrapalhava o progresso, recrutando mais e mais homens jovens e consumindo um dinheiro que seria melhor empregado em obras de saneamento e de melhoria das condições de vida tão necessárias quanto urgentes.

Homem de grande atividade profissional e intelectual, envolve-se em muitas atividades na capital do Império brasileiro e inicia aquela que poderíamos chamar de a primeira luta para que o governo desse preferência a engenheiros brasileiros na realização de obras públicas, o que não era comum naqueles tempos — gesto que se prestaria a aumentar o já considerável número de inimigos que fazia na Corte.

A inveja associada à importância, cada vez maior, da família Rebouças, cujos membros são recebidos e ouvidos pelo próprio Imperador, é responsável pelas portas que se fecham nos ministérios e em muitas empresas. Além disso, as posições políticas dos Rebouças em assuntos tão delicados quanto à Escravidão tornam inviáveis a sobrevivência profissional e, consequentemente, a permanência de ambos no Rio de Janeiro. É dessa época, por exemplo, a proposta de André para uma doação eventual de pequenas propriedades rurais à população menos favorecida.

Os irmãos desligam-se da vida militar em 1866. Antônio dirige-se para o Sul. Havia sido nomeado engenheiro-chefe do projeto da Estrada da Graciosa, que viria a ser por décadas a única estrada pavimentada do estado e responsável pelo escoamento de toda a produção agrícola paranaense.

André segue para o Maranhão. Em São Luís se impôs o desafio profissional de construir para a então província um porto moderno nos moldes dos muitos que conhecera na Europa.

Distantes, porém não inteiramente separados, os irmãos envolviam-se frequentemente nos trabalhos um do outro. E foi assim quando ambos foram os grandes responsáveis pelo primeiro grande investimento madeireiro no Paraná, organizando a Companhia Florestal Paranaense, a serraria instalada nas margens da Graciosa, que veio a ser a primeira indústria no estado a utilizar energia de máquinas a vapor.

Caberia a Antônio o estudo para a construção da futura estrada de ferro que receberia o nome de Dona Isabel (atual Curitiba–Paranaguá). Os dois irmãos trabalhariam juntos na primeira obra de canalização de água potável na capital paranaense em 1871.

Logo após redigir os estatutos da futura companhia portuária que administraria o porto da capital maranhense, André coordenou os desenhos para os projetos das docas do Maranhão, acompanhou o início das obras e retornou ao Rio de Janeiro.

Mal desfaz as malas e passa a desenvolver também uma atividade jornalística. André aborda assuntos como a modernização do país, a cobrança justa de impostos, os investimentos em educação, a construção de estradas de ferro, o saneamento básico nas grandes cidades, a prevenção de doenças e a própria higiene da população. No entanto, nada o incomoda mais do que a Escravidão.

Enquanto trabalharam juntos no abastecimento de água do Rio de Janeiro, os irmão foram implacavelmente perseguidos. Sem o menor pudor, a cor da pele de André e Antônio era apresentada como prova de que as obras estavam nas mãos de dois pretensiosos sem as necessárias qualificações para executá-las. Indo mais além, garantiam que eles só haviam alcançado tal concessão por causa da amizade com D. Pedro II.

Os irmãos se superam e respondem com incansável operosidade. Eles sobreviveriam para experimentar uma grande vitória pessoal e profissional ao resolver em trinta dias o problema do abastecimento de água para a cidade.

Intrigas cercariam igualmente a construção do porto da cidade do Rio de Janeiro. A pressão se torna tão absurda que André se demite e acompanha os irmãos Antônio e José, também engenheiro, na construção da Estrada de Ferro Dona Isabel (hoje Curitiba–Paranaguá).

Dois anos mais tarde, enfrentando dificuldades, inclusive financeiras, os irmãos transferem a obra para outro brasileiro de crescente destaque, Irineu Evangelista de Souza, o futuro Barão de Mauá. A construção seria concluída, apenas em 1880, pelas mãos de construtores estrangeiros.

O interesse pelas grandes obras teria um fim repentino e doloroso para os Rebouças. O ano de 1874 se revestiu de imensa tristeza com a morte inesperada de Antônio, aos 34 anos, durante a construção da ponte do rio Piracicaba, a primeira em concreto armado no país. Antônio contrai malária e morre rapidamente. O choque é imenso. A dor se estende por meses e atinge toda a família. Para André o sofrimento nunca cessaria por completo.

Por seis anos, André se entrega às funções de professor, e sua relação com o movimento abolicionista se faz quase que exclusivamente pelos artigos publicados. Acompanha indignado as últimas leis sobre a Escravidão e vê os debates se diluírem na acomodação natural a que muitas vezes são relegados assuntos importantes no Brasil.

É o que acontece com a Lei do Ventre Livre, que considera livres os filhos de escravizados nascidos depois de 28 de setembro de 1871. A maioria da população se deixa convencer de que a partir dali seria apenas uma questão de tempo para que a Escravidão deixasse de existir; entretanto, tratava-se de novo engodo dos interessados em manter tudo como estava.

Em julho de 1880, André alia-se ao deputado Joaquim Nabuco e se entrega de corpo e alma ao movimento abolicionista. Torna-se reverenciado por sua genialidade e por suas palavras de genuína e poderosa sinceridade. Arregimenta, mobiliza, escreve, custeia e trabalha pela causa libertadora.

Faz-se incansável. Escreve com ímpeto e, em suas propostas, traça um caminho para uma libertação dos escravizados feita a partir de uma reforma agrária que dê terras para eles, garantindo seu sustento e uma inserção como cidadãos.

Comemora a libertação dos escravizados no Ceará, no Amazonas e, mais tarde, no Rio Grande do Sul, mas ainda é pouco. Quer mais. A libertação de todos eles é a celebração máxima de seu espírito abolicionista. Quando ela finalmente se torna realidade em 13 de maio de 1888, comemora com os companheiros de luta, mas, fiel a seu estilo metódico e reservado, retira-se para sua casa em Petrópolis.

Como nunca se casara, André dedica-se aos estudos e às frequentes visitas a D. Pedro II. Só abandonará tal rotina no ano seguinte, quando, em 15 de novembro, é proclamada a República.

Monarquista convicto como o pai, decide acompanhar a família imperial que fora expulsa do Brasil. Em Lisboa, busca uma ocupação profissional. Passa a escrever para o "Jornal do Comércio" do Rio de Janeiro, "A Gazeta de Portugal" de Lisboa e, um pouco depois, torna-se correspondente do "The Times" de Londres.

Recusa os frequentes convites para voltar ao Brasil e parte para a África do Sul. De volta a Portugal, instala-se na cidade do Funchal, na ilha da Madeira. Está cada vez mais adoentado e saudoso do Brasil, mas não pretende voltar. Falece em 16 de maio de 1898. As circunstâncias de sua morte nunca foram totalmente esclarecidas.

Em vida, sua presença enchia de ânimo os companheiros e aqueles que lutavam pela própria liberdade. Era um gênio aos olhos de seus seguidores: matemático, astrônomo, botânico, geólogo, industrial, moralista, higienista, filantropo, poeta, filósofo, engenheiro.

Com uma trajetória excepcionalmente vitoriosa, os "primeiros engenheiros negros brasileiros", que tanto contribuíram para o crescimento econômico e social do país, tiveram importantes túneis, ruas e avenidas nomeados em sua homenagem.

Querido leitor,

A editora MOSTARDA é a concretização de um sonho. Fazemos parte da segunda geração de uma família dedicada aos livros. A escolha do nome da editora tem origem no que a semente da mostarda representa: é a menor semente da cadeia dos grãos, mas se transforma na maior de todas as hortaliças. Assim, nossa meta é fazer da editora uma grande e importante difusora do livro, e que nessa trajetória possamos mudar a vida das pessoas. Esse é o nosso ideal.

As primeiras obras da editora MOSTARDA chegam com a coleção BLACK POWER, nome do movimento pelos direitos do povo negro ocorrido nos EUA nas décadas de 1960 e 1970, luta que, infelizmente, ainda é necessária nos dias de hoje em diversos países. Sempre nos sensibilizamos com essa discussão, mas o ponto de partida para a criação da coleção ocorreu quando soubemos que dois de nossos colaboradores já haviam sido vítimas de racismo.

Acreditando no poder dos livros como força transformadora, a coleção BLACK POWER apresenta biografias de personalidades negras que são exemplos para as novas gerações. As histórias mostram que esses grandes intelectuais fizeram e fazem a diferença.

Os autores da coleção, todos ligados às áreas da educação e das letras, pesquisaram os fatos históricos para criar textos inspiradores e de leitura prazerosa. Seguindo o ideal da editora, acreditam que o conhecimento é capaz de desconstruir preconceitos e abrir as portas do pensamento rumo a uma sociedade mais justa.

Pedro Mezette
CEO Founder
Editora Mostarda

---

**EDITORA MOSTARDA**
www.editoramostarda.com.br
Instagram: @editoramostarda

© Júlio Emílio Braz, 2021

| | |
|---|---|
| Direção: | Fabiana Therense |
| | Pedro Mezette |
| Coordenação: | Andressa Maltese |
| Produção: | A&A Studio de Criação |
| Texto: | Fabiano Ormaneze |
| | Francisco Lima Neto |
| | Júlio Emílio Braz |
| | Maria Julia Maltese |
| | Orlando Nilha |
| | Rodrigo Luis |
| Revisão: | Elisandra Pereira |
| | Marcelo Montoza |
| | Nilce Bechara |
| Ilustração: | Eduardo Vetillo |
| | Henrique S. Pereira |
| | Kako Rodrigues |
| | Leonardo Malavazzi |
| | Lucas Coutinho |

Dados Internacionais de Catalogação na Publicação (CIP)
(Câmara Brasileira do Livro, SP, Brasil)

```
Braz, Júlio Emílio
   Rebouças : André e Antônio Rebouças / Júlio Emílio
Braz. -- 1. ed. -- Campinas : Editora Mostarda, 2022.

   ISBN 978-65-88183-24-3

   1. Abolicionistas - Biografia - Brasil
2. Biografias - Literatura infantojuvenil
3. Engenheiros - Biografia - Brasil 4. Rebouças,
André, 1838-1898 5. Rebouças Filho, Antônio Pereira,
1839-1874 I. Título.

21-88021                                CDD-028.5
```

Índices para catálogo sistemático:

1. Irmãos Rebouças : Biografia : Literatura
   infantojuvenil   028.5
2. Irmãos Rebouças : Biografia : Literatura juvenil
   028.5

Nota: Os profissionais que trabalharam neste livro pesquisaram e compararam diversas fontes numa tentativa de retratar os fatos como eles aconteceram na vida real. Ainda assim, trata-se de uma versão adaptada para o público infantojuvenil que se atém aos eventos e personagens principais.